खामोशिया

राहुल

Made with ♥ on the Notion Press Platform
www.notionpress.com

हेलो दोस्तों मेरा नाम राहुल और मैंअभी 15 साल का हूऔर मैंदि ल्ली मैंरेता हूऔर दोस्तो यह मनै`जो कहानी लि खी उसका आईडि या मझु`एक मवू ी सेमि ला हैजब मैंघर बठै ा था अपनेफैमि ली साथ तो मैंएक हॉरर मवू ी देख रहा था तब मझु`आईडि या atha की क्यों ना ak हॉरर स्टाइरी लि खनेबठै जाता और अगर एप्लोगी को स्टोरी अच्छा लगती हैजरूर सेसपोर्ट करना

क्रम-सूची

अध्याय1

ओदोस्तो यह बात हैउस समय की जब मैकाफ़ी जायदा छोटा था तब मेरेपापा और चाचा भतू के बारेमेंबात कर रहेहोतेहैमेरेचाचा कहतेहैभतू सच मैहोतेमनेंउसेअपनेआखंे सेदेख हैलेकि न मेरेपापा कहतेहैअरेयार छोटे भतू नाम की कोई चीज़ नही होती यह सि फ हमारा एक वयम होता हैलेकि न यह सब बातेअपनेपापा और चाचा की नि खि ल सनु रहा होता हैऔर वो बाग कर अपनेदोस्तो के पास जाता हैऔर उन्हेंबताता हैकी तमुहेपता हैभतू सच मेंहोतेहैलेकीन नि खि ल के दोस्त भी नि कि ल के पापा की तरह बोलतेहैनही भतू नही होतेलेकि न नि खि ल को अभी भी लग रहा था की भतू होतेहैतभी नि खि ल अपनेदोस्तो के सामनेएक चलैंज रख देता हैनि खि ल कहता है की अच्छा तमुहेयकीन नही हैभतू होतेहैतो फि र हम कल साम पहाड़ के पास जो बगंं लो हैंउसमेजायगें ेदोस्तो जि स बगं लेकी बात नि खि ल नेकी थी वो कोई मामलूं ी बगं ला नही था बल्कि वो एक खाली बगं लो था जो की लगाबाग 100 साल सेखाली पड़ा था लेकि न नि खि ल को क्या पता और प्लान के मतुं बि क वो सारेदोस्त रात के बारा बजेउस बगं लो में जानेके लि ए इकट्ठेहोतेहै और जसैं ही बगं लेका दरवाजा खोलतेहैंगेट अपनेआप बदं हो जाता वोह सरेकाफ़ी जायदा डर जातेहैतभी नि खि ल का एक दोस्त नि ति न बोलता

हैअरेहवा की वजह से दरवाज़ा बदं हो गया होगा फि र वो सरेधीरेधीरेअगं`बढ़तेजातेहैतभी नि खि ल के एक और दोस्त जि सका नाम रोहन होता हैउसकी नज़र कि चन मेपड़ती हैऔर वो कहता हैदोस्तो वो देखो कि चन मेंकि सी की फोटो टांगी है चलो पास चलकर देखतेहैऔर वो सरेपास जातेहैऔर फोटो देखतेऔर उस फोटो मैखनू लगा होता हैऔर फि र नि ति न बोलता हैदेखो मनै`तो पहलेही खा था मैंनहीं जाऊंगा बगं लेके अदं र लेकीन तमु लोग खा मानेऔर यह खनू पक्का भतू नेही कि या हैनि खि ल की वजह सेहमेंबगं लेके अदं र अन्ना पड़ा फि र नि खि ल और नि ति न को सतं करतेहुए राहुल बोलता हैदोस्तो अभी यह समय लड़नेजगड़नेखा नही हैबल्की येसोचनेखा हैकी क्या सच मै भतू नेही इस फोटो मैखनू लगाया हैऔर अगर भतू इस बगं लेमैंहैतो भतू वो कैसा दि खता होगा फि र नि ति न उस फोटो को उठता हैऔर उस फोटो मैलि खर आता हैतमु यह सेचलेजाओ दोस्तो सोचनेवाली बात तो यह है उस फोटो मैंसि फ पति की तस्वीर बनी होती हैफि र थोड़ी देर बाद राहुल बोलता हैचलो उबर साइट वालेकमरेमैं चलतेहैलेकि न जब वो अप्पर साइट वालेकमरेमैंपोछतेहैउन कमरों मैंलॉक लगा होता हैफि र वो लोग डि साइड करतेहैकी चलो इन कमरों की चाबी ठुड़तेहैवाहा पर 3 कमरे बनेहुए थेलेकि न उन्हें3 कमरेकी चाबी नही मि लती फि र वो लोग 2 ही कमरों को खोलतेहैजब वोह पहलेकमरेको खोलतेहैतब उस कमरेमैंएक बेड पढ़ा होता हैऔर कुछ समाहन जब नि खि ल नीचेबेड के नीचेजाकर देखता हैतो वाहा पर फि र सेएक फोटो मि लती है जि समेबच्चों की फोटो बनी होती हैऔर फ़ोटो

देखनेके बाद जसै ेही फोटो को रखतेहैतज़े हवा चलानेलगती और आवाज आती तमु यह सेचलो जोहो और फि र डर की वजह वोह सरेउस बग्ं लो सेभर नि कल जातेहैऔर अपनेघर चलेजातेहैऔर अपनेपेरेंट्स सेवोह लोग कुछ नही बतातेऔर फि र दबुारा सेवो लोग अगलेदि न मि लतेहैऔर उस बग्ं लो के अदं र जानेका डि साइड करतेहैऔर फि र वो लोग बगं लो अधं ेर जाय सेही जातेहैपहलेकी तरह आपनेआप गेट बन्द हो जाता हैफि र वो लोग डि साइड करतेहैइस बग्ं लो मैंअच्छेसेछन बि न करेगेफि र एक एक करके वो लोग अलग अलग होकर चान बि न करना शरुु कर देतेहैफि र जब वो कि चन की तरफ पोचतेतब एक दम सेवो डर जातेहैक्यकुी पहलेजब वो कि चन मेंआय थेतब कुछ भी सम्मान नही था लेकीन जब वो अब कि चन में आय तो सम्मान था फि र उन्हेंसक हो जाता हैयह कोई न कोई तो जरूर रायता हैफि र वो और अच्छेसेछन बि न करना सरुु कर देतेहैंऔर नि ति न को कुछ पेपर मि लतेहैउसमेकोलकाता का एड्रेस लि खा होता हैसेम इस ही बगं लो की फ़ोटो इस पेपर मैंभी मि लती हैतो वो लोग सोचनेलगतेहैइस बगं लो की फोटो इस पेपर मैंक्या कर रही ह

अध्याय2

फि र राहुल बोलता दोस्तो मझु लगता यही सेम बग्ं लो कोलकाता मैतो नही चलो हमेकोलकाता चलकर देखना होगा और उसी लेटर मैंदो पासवर्ड भी लि खेथेफि र वो साम वालेफ्लाइट सेगांव सेकोलकाता के लि ए रवाना हो जातेहैजब वो लोग कोलकाता पहुंच जातेहैफि र वो उसी एड्रसे मैंपहुंच जातेहैजो एड्रसे उन्हेंपेपर पर मि ला था लेकि न जब वोह दरवाज़ा खोलतेहैतब वो खोल नही पातेक्यकु ी वो पासवर्ड मांग रहा होता हैफि र राहुल दो तीन बार पासवर्ड डलता हैलेकि न पासवर्ड गलत होता हैफि र अचानक सेनि ति न बोलता हैतमु वो वाला पासवर्ड डालकर देखो जो हमेउस पेपर पर मि ला था फि र राहुल बोलता हैअरे हां मैंतो भलू ी गया था फि र वोह पासवर्ड डालता लेकीन वो वाला भी पासवर्ड गलत होता हैफि र नि खि ल बोलता हैदसू रा वाला पासवर्ड डालकर ट्राई करो फि र जसै ी ही वो दसू रा वाला पासवर्ड डालतेहैगेट घलु जाता हैफि र वो लोग अदं र जातेपहलेवालेघर की तरह इस बग्ं लो का भी गेट अपनेआप बदं हो जाता हैऔर जि स तरह सेबग्ं लो पहाड़ के पास बना हुआ था उसी तरह सेबग्ं लो कोलकाता मैभी बना हुआ था और अधर सेभी सेम बना हुआ था फि र सेवो लोग उस बग्ं लो मैंचान बि न करना शरूु कर देतेहैफि र राहुल खेता हैदोस्तो अगर हम उस आर्कि टेक के बारेमैपता चल जाए जि सनेयह गांव और

कोलकाता का घर का माप बन आय हैतो हमेअगं ेका सबतू मि ल जाए गा फि र थोड़ी देर बाद उन्हेंएक नबं र मि ला हैऔर वो कि सी और का नही बल्की उसी आर्किट क का होता हैफि र उसेवो लोग पछू तेहैकी जो कोलकाता का बगं लो हैउसका माप आप नेही बनया हैंवो कहता हैहा यह ऐसेदो घर है सेम जि सके माप मानेही बनया हैजो की बि लकुल सेम दि खतेहैफि र राहुल बोलता हैअच्छा अपको पता हैइस घर मैंकौन रेता था पहलेफि र वो बोलता हैजा तक मझु ेयाद हैइस घर मैंएक भड़िुडियाहा रहती थी लेकि न मझु ेनहीं लगता अब वो जि दं ा होगी राहुल क्यों अपको क्यूनही लगता वो अभी जि दं ा होगी क्यकुे उसकी काफ़ी ज्यादा एज हो गायई थीं काफ़ी जायदा राहुल बोलता ठीक अकं ल इतनी इनफॉर्मेशि यो देनेके लि ए धन्यवाद फि र फोन कटनेके बाद वो लोग दबुारा चान बि न करना स्टार्ट कर देतेहैफि र नि ति न तजे सेअपनेदोस्तो को भलू ता हैऔर खेता हैयह देखो लाश फि र राहुल खेता हैअरेयेतो वहीं लाश हैजो हमेफोटो बेड के नीचेमि ली थी उनमेंसेएक बच्चा हैजायेशी लाश को उठातेहैंउसके कपड़ों के नि चेलि खा होता हैयह सेचलो जो ओ फि र वो सरेघर के बार नि कल आतेहैऔर आस पास पता करतेहै लेकीन कि सको नहींपता होता फि र एक बढू ा आदमी नि कलता हैफि र नि खि ल उसेपछू ता हैअकं ल अपको पता हैहैं इस बगं ्लो के बारेमेंकुछ फि र वो बढू ा आदमी बोलता हैंहा मझु ेपता तो हैयह पर यह बगं ्लो नही था तब एक महल था राजा का फि र नि खि ल बोलता हैंठीक हैअकं ल जी जानकारी देनेके लि ऐ सकु हरि या और फ़ि र राहुल अपने दोस्तो सेबोलता हैमझु ेपरू यकीन हैयह पर कोई भतू नही

हैमझु ेलगता हैकी यह पर कोई एक्टिं ग कर रहा है भतू की आवाज नि कालने की लेकि न मझु ेयह समझ नही आ राहा यह बच्चेकी लाश कहा सेआई चलो दोस्तो और भी चान बि न करतेहैफि र थोड़ी देर बाद नि खि ल को पेपर मि लता हैजब उसेखोलतेहैतो उसमेंकुछ लि खा नही होता कुछ भी बल्की एक माप मि लता हैफि र राहुल बोलता हैदोस्तो अब यह माप ही हमेभतू के पास तक ले जायेगा फि र वो लोग माप के सहरहेबगं लो के पीछेगार्डनर्ड मैंपोहोच जातेहैऔर उन्हेंवहा पर कोनेमैंगफु ा दि खती हैफि र वो कूफा के अधर जातेऔर चलतेजातेचलतेजातेऔर गफु ा मैंउन्हेएक औरत की साड़ी मि लती हैऔर फि र और अगं ेजातेहैतो उन्हेंनकली बाल मि लतेहैऔरत के फ़ि र उनका सक यकीन मैंबदल जाता हैफि र और अगं ेजातेतो उन्हेकुछ आवाज सनु ई देती हैआदमीयो की बातेकरनेऔर राहुल बोलता हैदोस्तो रूक जोहो हम इनकी बातेसनु तेहैफि र यह लोग बातेसनु तेहैतो वो आदमी बातेकर रहेथेकी क्या मस्त बेकुफ बनया हमनेउन लड़कों को अब वो कभी नही आयेगा और उन्हेंतो यह भी नही पता की हम यह लोग सोनेके जेवर के लि ए कर रहे ह

अध्याय3

आज हम उस जगह का पाता चल जायेगा जहा पर राजा का सारा जेवर मि ल जायेगा फि र यह सरेदोस्त जाके उन अदमि यो को पकड़ लेतेहैऔर उनसेकहतेऔर कोन कोन तमुहारेटीम मैंसामि ल हैफि र वो बोलतेहैअच्छा हम बतातेहैऔर फि र वो बोलतेहैकी हमारेएक और बधं ा हैजो की भतू की एक्टि ंग कर रहा हैऔर हम यह नाटक इसलि ए कर रहेथेकी हमेपता चल जाए की वो राजा का सोना कहा रखा हैफि र हम उसेपछू तेहैयह सोना खा पर हैफि र वो बगं लो के पीछेएक बेसमेंट हैवाहा पर यह सोना रखा हैफि र हम लोग सोना जा रखा था वाहा पर जातेहै और जब हम पोचतेथेतो वाहा पहलेजवानहेका भतू सत्र सोना रखा होता हैऔर सोनेके पास एक बढ़िढिया गढ़ी होती हैऔर वो हमेदेखकर भागनेलगती लेकीन हम भी उसके पीछेभागतेहैऔर उसेपकड़ लेतेहैफि र उसेपछू ते हैपता इतना सारा सोना तरेपास कहा सेअय्या फि र वो वो बोल थी हैपहलेयह पर एक राजा रेता था और उसके पास काफी ज्यादा सोना होता हैफि र हम सोच लेतेहैको इस राजा को हम मरदेगेऔर बगं ् लो मैंभतू की एक्टि ंग करेगेजि सकी वजह सेइस बगं ् लो मैंकोई नही आता था और आज हम यह सारा सोना लेकर भागनेवालेथेलेकि न तमु नेहमरा सारा प्लान चोपड़ा कर दि या फि र नि ति न बोलता हैअच्छा तमुहेउस छोटेसेबच्चेको क्यों मारा उसकी क्या

गलती थी फि र बढ़िढिया बोलयेथी एक दि न हम सोनेको एक साइड कर रहेथेतब उस बच्चेनेदेख लि या था तो हमेलगा यह बच्चा कि सको बता ना देइसलि ए हमनेइस सेअपनेरास्तेसेही साफ कर दि या फि र हम लोग पलुलिस को बलु तेहैऔर सारा सोना पलुलिस को देदेतेहैऔर इन लोगो को भी पलुलिस के आवलेकर देतेहै लेकि न जब यह लोग जेल झा रहेहोतेहैतो एक आदमी नि खि ल सेभलू ता हैतझु ॅदेखलगूं ा दोस्तो abb सब कुछ ठीक हो जखु ा ता और जो लोगो को लग रहा था इस बगं लो मैंभतू वसै ा कुछ नही इसलि ए सब कुछ ठीक होनेकी खशु ी मैंहम सरेदोस्त लोग डि साइड करतेहैकी कोई जगह पर गमु नेजाना चाहि ए और फीर सरेदोस्त बोलतेहै भाई बि लकुल सही बात हैफि र वोही सारेदोस्त बस स्टैंड के पास जा कर कड़ेहो जा थेहैलेकि न पहलेजब वोह घर सेनि कलेथेतब तो musam काफी जायदा और अच्छा था फि र जब वोह लोग बस स्टैंड के पास पछू तेहैरात होने ही वालेहोती हैअचानक सेतजे बारि श होनेलगती हैऔर उन्हेबहुत देर बस का इंतजार करतेकरतेहो जाता है फि र वो लोग डि साइड करतेहैकी चलो मेट्रो से। चलतेहैऔर बारि श इतनी तजे हो रही थी की जब तक वो लोग मेट्रो स्टेशन पछू तेहैतब उनके सारेगीलेहो जकु े थेक्यकू बारि श बहुत ज्यादा तजे हो रही थी और रात भी हो जकु ी थी और जब भी लोग मेट्रो स्टेशन के अदं र पछू तेतो अजीब सी सतं ति होती और कोई कोई भी दरू दरू तक मेट्रो स्टेशन मैंदि खई नही देराहा था फि र वोह सारेदोस्त जाकर मेट्रो जब प्लेटफार्म मैआती हैतो सारेदोस्त जाकर मेट्रो मैंजाकर बठै जातेलेकि न मेट्रो काफी देर तक तो जल्दी रेती हैकही

स्टेशन पर रुक थी हैलेकि न उस ट्रेन पर कोई नहीं बठै ा
था और वोही फि र आगेजब ट्रेन जातेहैतब ही बार बार
लाइट ट्रेन की ब्लि गं करनेलग जाति हैतो सारेदोस्त काफी
जायद डर जातेहैडर के मारेछि लनेलगातेलेकि न फि र
उन्हेंएक परचाया दि खाए देथी हैऔर वाहा सेसदुंर सेलड़की
चली आ रही थी फि र राहुल हि च की चाचेहुए उसका
नाम पछु ता तो वाहा बोलती हैमेरा नाम पायल हैऔर वो
इतनेजायदा हॉट होतेहैकी नि ति न तो उसको देखतेही
रहेजाता हैफि र पायल नि ति न को हि लतेहुए बोल थी
हैओह हेलो तमुहेक्या हो गया नि ति न बोलता हैफि र
नही नही मझु ेकुछ नही हुआ और फीर woho nitin ke
pass Jaa कर बठै जाती मेट्रो टेंपरेचर जायदा इसके
वजह सेउसेठंड भी लगनेलगती हैइसलि ए नि ति न अपनी
जकै ेट उतार कर उस लडकी को देदेता हैलेकि न दोस्तो
जो कुछ नि ति न के साथ हुआ हैवो कोई लड़की नहीं
बल्कि नि ति न एक सपनेमैंको सखु ा था और नि ति न
के सारेदोस्त नि ति न सेपछू तेओय तझु ेक्या हो गया था
तो नि ति न चि लतेहुए बोलता हैवोही लड़की कहा गया
वोही लड़की कहा गया फि र सरे दोस्त kunse

अध्याय4

लड़की यह पर तो कोई नही हैजररूर तनू`कोई सपना देखा होगा फि र एज स्टेशन मैंजा कर मेट्रो रुकतेहैतो नि ति न को वोही लड़की सीडी सेअप्पर जातेहुए दि खाए देथी हैऔर वोही सि र्फ नि ति न को नहींबल्कि उसके सारे दोस्तो को भी दि खाए देती हैऔर उसके सारेदोस्त डरतेडरतेबोलतेहैंइस मेट्रो स्टेशन मैंतो कोई ak सि क्रूटी guard bhi nahi दि खा रहा फि र यह लड़की मेट्रो स्टेशन मैंअकेलेक्या कर रही हैफि र जब सारेदोस्त भागतेहुए उस लड़की के पास पछू तेतो वो लड़की गायब हो जकु ी होती हैयह सब देखकर सारेदोस्त बहुत डर जातेहैंऔर मेट्रो के बाहर बाद मेंलग जातेहैंऔर वहांपर उन्हेंएक ऑटो खड़ा दि खता हैऔर उस ऑटो सेलड़की हाथ नि काले होती हैऔर हेल्प हेल्प चि ल्ला रही होती हैयह सब सनु कर नि ति न का मन उसेबचानेका करता हैलेकि न जब तक नि ति न और नि ति न के दोस्त ऑटो के पास पहुंचतेहैंऑटो तजे रफ्तार मेंआगेचला गया होता हैऔर फि र थोड़ी देर बाद नि ति न और नि ति न के दोस्त को एक और ऑटो दि खता हैऔर वह आदमी आराम सेऑटो मेंबठै ा सो रहा होता हैऔर फि र सारे दोस्त उसेचि ल्लातेहुए बोलतेहैंकि भयै ा जल्दी करो इस ऑटो का पीछा करो और आप जि तनेभी पसै `मांगोगेहम आप लोग को देंगेऔर फि र ऑटो का पीछा करत-ेकरतेआगेपहुंच जातेहैंलेकि न ऑटो सेकाफी ज्यादा

दरू था लेकि न नि ति न और नि ति न के दोस्त कभी
ऑटो के पास आ जाए और कभी ऑटो सेदरू चला जाए
और फि र वह लोग एक पलु के पास पहुंच जातेहैंऔर
ऑटो सेउस लड़की को उठाकर फेंक देतेहैंपानी में और यह
सब ऑटोवाला देखकर तरुंत पलुलिस को फोन लगा देता
हैऔर जब पलुलिस आती हैतो कि सी तरह नि ति न को
तो बचा लेती हैक्योंकि वह भी उस लड़की को बचानेके लि
ए पानी मेंखनू गया था और पलुलिस वालेलड़की को नहीं
बचा पातेऔर पलुलिस वालेनि ति न को हॉस्पि टल
लेजातेहैंऔर अगली सबु ह जब होती हैतो नि ति न अपने
दोस्तों सेऔर पलुलिस वालेसेपछू ता हैलड़की ठीक तो हैना
लेकि न जो पलुलिस वाला होता हैवह नि ति न के दोस्तों
और उसका नि ति न का दोस्त होता हैतो बोलता हैअरेयार
वहां लड़की लड़की कम सेकम एक महीना पहलेमर चकु ी
हैउसी पानी मेंजाकर और तमु उसी के पीछेभागतेरहतेहो
और हम तमुहें1 महीनेसेसमझानेकी कोशि श कर रहे हैंकि
वह लड़की बहुत पहलेमर चकु ी हैलेकि न तमु समझनेको
तयै ार ही नहीं हो और यह सब सनु रहा होता हैगेट के
बाहर खड़ेहुए ऑटो वाला ऑटो वाला कार्ड सेबोलता हैकि
आज मैंफर्स्ट नहींजाऊंगा क्योंकि यही लड़के बोल रहेथेकि
उस ऑटो का पीछा करो तो वह आठ वाला बोलता
हैअरेतमुहेंकुछ नहीं होगा वह साहब का दोस्त हैऔर
पहलेवह लड़की सेप्यार करता था और वह अब मर गई
हैऔर उसी के पीछेयह भागता रहता हैतमु चि तं ा मत
करो तमुहेंकुछ नहीं होगा दोस्तों अगर आपको कुछ थोड़ी
अच्छी लगी हो तो जरूर सेसपोर्ट करना